이 여름이 우리의 첫사랑이니까

이 여름이 우리의 첫사랑이니까

엮은이 **최백규**
펴낸이 **임상진**
펴낸곳 (주)넥서스

초판1쇄 발행 2023년 5월 25일
초판2쇄 발행 2023년 5월 30일

출판신고 1992년 4월 3일 제311-2002-2호
10880 경기도 파주시 지목로 5
Tel (02)330-5500 Fax (02)330-5555

ISBN 979-11-6683-572-8 03810

www.nexusbook.com
&(앤드)는 (주)넥서스의 문학 브랜드입니다.

이 여름이 우리의 첫사랑이니까

최백규 엮음

&

몇 개의 여름이 흩어지고 구름이 흐르는 방향으로 바람이 일었다. 우리에게 빛이 있으니 여름이 가도 아무것도 끝나지 않을 것이다. 아름다움은 이곳에 있다. 오늘도 그대의 밤이 환하게 지나가기를…….

여름에서

최백규

1부 ——

그대를 보고 있어도
그대가 보고 싶습니다

2부 ——

꿈에서도 꿈인 듯하여
한 번 더 눈을 감습니다

3부 ——

떠나는 이의 뒷모습은
왜 지는 꽃을 닮았습니까

4부 ——

그대가 없어도
그대를 사랑할 수 있습니다

사랑해, 태어나 줘서 고마워

내가 그의 이름을 불러 주었을 때

그는 나에게로 와서

꽃이 되었다

그대를 보고 있어도
그대가 보고 싶습니다

서시

죽는 날까지 하늘을 우러러
한 점 부끄럼이 없기를,
잎새에 이는 바람에도
나는 괴로워했다.
별을 노래하는 마음으로
모든 죽어 가는 것을 사랑해야지
그리고 나한테 주어진 길을
걸어가야겠다.

오늘 밤에도 별이 바람에 스치운다.

윤 동 주

_____ 그대는 나의 부끄럽고 괴로운 나날입니다. 그러나 그럼에도 불구하고 사랑할 수밖에 없다는 사실을 알고 있습니다. 내가 걸어온 길이 모두 그대의 발자국으로 이어지기 때문입니다. 그대가 없으면 나의 걸음도 멎기 때문입니다. 발자국 위에 발자국이 계속 내리다 보면 언젠가 강이 되고 바다가 될까요. 흐르는 길의 끝에서 문득 고개를 들듯이 우리가 마주하기를 바랍니다. 시집 첫머리에 놓인 시처럼. 바람에 스치우는 별처럼.

흔들리며 피는 꽃

흔들리지 않고 피는 꽃이 어디 있으랴
이 세상 그 어떤 아름다운 꽃들도
다 흔들리면서 피었나니
흔들리면서 줄기를 곧게 세웠나니
흔들리지 않고 가는 사랑이 어디 있으랴

젖지 않고 피는 꽃이 어디 있으랴
이 세상 그 어떤 빛나는 꽃들도
다 젖으며 젖으며 피었나니
바람과 비에 젖으며 꽃잎 따뜻하게 피웠나니
젖지 않고 가는 삶이 어디 있으랴

도 종 환

　　　　　　　　　　　그대와 나는 우리라는 말로 잇기
에도 아직 어색한 사이. 그대와 나는 아름다움. 그대와 나는
여름 오후 아래에서 하얗게 마른 옷. 그대와 나는 무성한 마
음. 그대와 나는 그림자. 그대와 나는 그대와 나. 그대와 나
는 뿌리가 흙 바깥으로 자라 온몸을 열어 맞는 비. 그대와
나는 흔들리며 피는 꽃.

청포도

내 고장 칠월은
청포도가 익어 가는 시절

이 마을 전설이 주저리주저리 열리고
먼 데 하늘이 꿈꾸며 알알이 들어와 박혀

하늘 밑 푸른 바다가 가슴을 열고
흰 돛단배가 곱게 밀려서 오면

내가 바라는 손님은 고달픈 몸으로
청포를 입고 찾아온다고 했으니

내 그를 맞아 이 포도를 따 먹으면
두 손은 함뿍 적셔도 좋으련

아이야, 우리 식탁엔 은쟁반에
하이얀 모시 수건을 마련해 두렴

*이 육 사

_____ '푸를 청(靑)'을 쓰는 글자들은 어
딘가 한구석에 여름이 묻어 있습니다. 그 푸르름이 온몸으
로 퍼질 즈음이면 여름도 다 지나갈 듯합니다. 환하게 열꽃
이 피어나고 질 듯합니다. 그러니 늦기 전에 그대와 마주 앉
아 두 손을 함뿍 적시며 청포도를 나누어 먹고 싶습니다. 푸
른 바다에서 흰 돛단배가 밀려오듯이 하얀 손끝에서부터
푸르름이 번져 오를 것입니다. 청포도처럼 우리 마음까지
푸르게 익어 가는 시절에, 여름의 한복판에서.

너를 기다리는 동안

네가 오기로 한 그 자리에

내가 미리 가 너를 기다리는 동안

다가오는 모든 발자국은

내 가슴에 쿵쿵거린다

바스락거리는 나뭇잎 하나도 다 내게 온다

기다려 본 적이 있는 사람은 안다

세상에서 기다리는 일처럼 가슴 애리는 일 있을까

네가 오기로 한 그 자리, 내가 미리 와 있는 이곳에서

문을 열고 들어오는 모든 사람이

너였다가

너였다가, 너일 것이었다가

다시 문이 닫힌다

사랑하는 이여

오지 않는 너를 기다리며

마침내 나는 너에게 간다

아주 먼 데서 나는 너에게 가고

아주 오랜 세월을 다하여 너는 지금 오고 있다

아주 먼 데서 지금도 천천히 오고 있는 너를

너를 기다리는 동안 나도 가고 있다

남들이 열고 들어오는 문을 통해

내 가슴에 쿵쿵거리는 모든 발자국 따라

너를 기다리는 동안 나는 너에게 가고 있다.

＊황 지 우

＿＿＿＿＿＿＿ 그대가 옵니다. 그대를 기다리는 순간 자체가 그대입니다. 나뭇가지와 인사하는 벚꽃도, 바닷가에 부서지는 파도도, 보조개처럼 물들어 가는 단풍도, 하늘에서 내려앉는 눈꽃까지 모두 그대입니다. 구름이 피어나 새처럼 날아갑니다. 바람이 사라진 자리마저 그대입니다. 시린 눈 속에 그대가 흩어지고 있습니다.

꽃

내가 그의 이름을 불러 주기 전에는
그는 다만
하나의 몸짓에 지나지 않았다.

내가 그의 이름을 불러 주었을 때
그는 나에게로 와서
꽃이 되었다.

내가 그의 이름을 불러 준 것처럼
나의 이 빛깔과 향기에 알맞는
누가 나의 이름을 불러 다오.
그에게로 가서 나도
그의 꽃이 되고 싶다.

우리들은 모두

무엇이 되고 싶다.

너는 나에게 나는 너에게

잊혀지지 않는 하나의 눈짓이 되고 싶다.

˙김 춘 수

오래도록 아무도 나의 이름을 불
러 주지 않았습니다. 멀어져 가는 사람들 속에서 꽃이 되는
일은 생각조차 할 수 없었습니다. 그런데 어째서 그대는 계
속 나의 곁에 머무릅니까. 왜 나의 빛깔과 향기를 이해합니
까. 그대로 인해 나는 무엇이 될 수 있을 것 같다는 생각이
자꾸 듭니다. 우리가 웃으면 꽃이 피어날지도 모르겠습니다.

여름은 사랑

내 앞에 있어도 너를 찾고

노래를 불러 주고

춤을 추고

마주 앉아 나무로 자라고

오늘 스친 바람을 되감고

웃고

네가 듣는 파도와 네가 보는 풍경을

나도 좋아하고

같은 곳을 바라보며 구름을 피우고

다른 곳을 바라보며 비를 마시고

네 눈을 가리고

네 심장에 입을 맞추고

네 손 위로 내 손을 포개고

우리의 숨이 어디까지 멀리 갈 수 있을지

돌아올 때까지 기다리고

해변과 숲속과 교실과 병실에

빛이 쏟아져도

여전히 너와 내가 아름다운 여름 아래 살아서

머리카락을 쓸어 주고

이마를 맞대고

사랑한다고

사랑한다고

* 최 백 규

_____ 한여름 밤의 축제를 마치고 옥상
에 올라 처음 한 입맞춤을 기억합니다. 세상 끝에 서 있는 듯
한 느낌을 기억합니다. 천변이며 운동장 따위를 떠돌다 집
앞까지 데려다주던 걸음들을 기억합니다. 지나온 길의 꽃나
무를 다시 보려 골목을 걸어 나가던 밤들을 기억합니다. 여
름방학 여행길의 우리가 바다로 던진 알아듣지 못할 함성들
도 기억합니다. 파도도 우리를 기억해 매년 이맘때 즈음이
면 그날의 웃음소리를 반복해 재생하고 있을 것입니다.

풀꽃

자세히 보아야
예쁘다
오래 보아야
사랑스럽다
너도 그렇다.

나 태 주

　　　　　　　　　　　　언젠가 우리가 함께 별을 보러 간 일을 기억합니까. 사방이 어두워 풀 냄새와 파도 소리만 밀려오던 바다 앞에서 그대가 손끝으로 희미한 별들을 이었지요. 이 별은 무슨 별, 저 별은 무슨 별……. 나는 그저 끄덕일 수밖에 없었습니다. 이제 와 그것이 모두 맞는 말이었는지는 알 수 없지만 그대가 웃던 옆모습이 별처럼 환했다는 것만은 확실합니다. 그날의 그대가 여전히 내 가슴에서 예쁘고 사랑스럽게 꽃 한 송이로 빛나고 있습니다.

꽃의 결심

꽃은 피어도 죽고
피지 않아도 죽는다

어차피 죽을 것이면
죽을힘 다해
끝까지 피었다 죽으리

류 시 화

그대를 보고 있어도 그대가 보고 싶습니다. 잿빛 씨앗 속에는 불타는 꽃잎이 잠들어 있듯이 그대에게는 그대만 있는 것이 아닌데 그대와 머무르면 그대 말고 무엇도 바라지 않게 됩니다. 물이 하늘을, 하늘이 물을 안고 있는 것처럼 내 안에 그대가 피어나는 것만으로 온 세상이 살아 있습니다. 오늘도 그대가 불면 내가 흘러갑니다.

수선화에게

울지 마라

외로우니까 사람이다

살아간다는 것은 외로움을 견디는 일이다

공연히 오지 않는 전화를 기다리지 마라

눈이 오면 눈길을 걸어가고

비가 오면 빗길을 걸어가라

갈대숲에서 가슴검은도요새도 너를 보고 있다

가끔은 하느님도 외로워서 눈물을 흘리신다

새들이 나뭇가지에 앉아 있는 것도 외로움 때문이고

네가 물가에 앉아 있는 것도 외로움 때문이다

산그림자도 외로워서 하루에 한 번씩 마을로 내려

온다

종소리도 외로워서 울려 퍼진다

•정 호 승

_____ 슬픕니다. 사랑해서 슬픕니다. 그
대를 생각하면 눈물이 납니다. 눈동자 속에 수선화처럼 그
대가 피어나고 이내 외로워집니다. 나는 나의 잘못을 압니
다. 내가 얼마나 흉하고 못된 사람인지 알아요. 그렇다 해도
그대를 사랑하는 일을 그만둘 수는 없습니다. 이것이 나의
슬픔입니다.

가난한 사랑 노래

- 이웃의 한 젊은이를 위하여

가난하다고 해서 외로움을 모르겠는가

너와 헤어져 돌아오는

눈 쌓인 골목길에 새파랗게 달빛이 쏟아지는데.

가난하다고 해서 두려움이 없겠는가

두 점을 치는 소리

방범대원의 호각 소리 메밀묵 사려 소리에

눈을 뜨면 멀리 육중한 기계 굴러가는 소리.

가난하다고 해서 그리움을 버렸겠는가

어머님 보고 싶소 수없이 뇌어 보지만

집 뒤 감나무에 까치밥으로 하나 남았을

새빨간 감 바람 소리도 그려 보지만.

가난하다고 해서 사랑을 모르겠는가

내 볼에 와 닿던 네 입술의 뜨거움

사랑한다고 사랑한다고 속삭이던 네 숨결

돌아서는 내 등 뒤에 터지던 네 울음.

가난하다고 해서 왜 모르겠는가

가난하기 때문에 이것들을

이 모든 것들을 버려야 한다는 것을.

•신 경 림

　　　　　　　　　　　　왜 행복한 만큼 미안해질까요. 가
난한 사랑은 계속해도 되는 걸까요. 끝이 보이지 않는 길을
나란히 걸어야 한다는 사실이 괴롭습니다. 외로움, 두려움,
그리움, 슬픔……. 나는 보이지 않는 것들에 이름을 붙여 하
나씩 불러 봅니다. 어디로 향하는지는 몰라도 멈추지 않고
서 함께 걸어가야 하는 것입니다. 우리도 남들과 똑같아지
기 전에. 희미한 발자국을 지우며 적당히 둘러대기 전에.

이런 시

역사를 하노라고 땅을 파다가 커다란 돌을 하나 끄집어내어 놓고 보니 도무지 어디서인가 본 듯한 생각이 들게 모양이 생겼는데 목도들이 그것을 메고 나가더니 어디다 갖다 버리고 온 모양이길래 쫓아 나가 보니 위험하기 짝이 없는 큰길가더라.

그날 밤에 한 소나기 하였으니 필시 그 돌이 깨끗이 씻겼을 터인데 그 이튿날 가 보니까 변괴로다 간데온데없더라. 어떤 돌이 와서 그 돌을 업어 갔을까 나는 참 이런 처량한 생각에서 아래와 같은 작문을 지었도다.

"내가 그다지 사랑하던 그대여 내 한평생에 차마 그대를 잊을 수 없소이다. 내 차례에 못 올 사랑인 줄은 알면서도 나 혼자는 꾸준히 생각하리라. 자 그러면 내 내 어여쁘소서."

어떤 돌이 내 얼굴을 물끄러미 치어다보는 것만 같

아서 이런 시는 그만 찢어 버리고 싶더라.

이 상

                 그대는 내가 태어나 마주한 모든 것 중에 가장 아름답습니다. 너무 아름다워 눈물이 납니다. 길가의 돌을 마주해도, 한밤의 소나기에 젖어도 잊히지 않습니다. 간데온데없는 마음만 우리를 물끄러미 치어다보고 있습니다. 그대여, 이제 아무 시간도 공간도 아닌 곳으로 돌아갑시다. 나와 함께 떠납시다.

잠겨 죽어도 좋으니

너는

물처럼 내게 밀려오라

2부

꿈에서도 꿈인 듯하여
한 번 더 눈을 감습니다

18세

어떤 날은 종일 스탠드에 앉아 운동부 애들이 뺏다
맞는 것을 보았다 옥상으로 올라가는 계단은 막혀 있
었다 철문 앞에 쪼그려 앉아 담배를 피우고 담배가 떨
어지면 문밖의 바람 소릴 생각했다 나비로 핀을 꽂은
숏커트의 여자애가 머리를 기댔다 사라졌다

등나무 벤치, 오고 가는 말들에 파묻혀 있으면 구름
이 내려와 어지러웠다 땅에 발을 딛고 잎을 피워 올리
는 애들이 많았다 옥상으로 올라가는 계단엔 언제나
부서진 걸상과 깨진 창문틀, 폐지가 있었고 믿는 건 세
계의 일부가 가라앉고 있다는 사실이었다 바람이 심한
날에는 코스모스도 괜찮았고 다리를 떠는 여자애도 좋
았다

경박하게 나는, 옥상에 대해 생각했다 바람 빠진 배

구공과 줄이 끊어진 고무동력기, 항상 고여 있을 썩은 물, 나는 히히덕거리며 옥상으로 돌을 던졌다 아는 사람이 지나가면 강아지 흉내를 내었다 자꾸만 바람에 흔들리는 창문의 소리가 들렸다

•박 상 수

그때 우리 삶은 탈색한 듯 샛노란 색이었습니다. 우리는 어쩌다 뺏고 훔쳤을까요. 아무리 해도 뜻대로 되지 않던 날들, 내가 누군가를 위로하는 사람이 될 수 있을까 생각하던 날들, 왜 내 인생은 이것밖에 안 되는 걸까 고민하던 날들……. 잠시 나타났다 사라지던 것들. 다 이해합니다. 이제는 전부 이해합니다. 우리가 옳다고 믿은 것들과 하염없이 쓸려 간 시간들도 그대로입니다. 밤이 지나가면 무언가 다시 돌아오듯이 말입니다. 더는 서로에게 서로가 없더라도 어렴풋이 남아 있는 그날들. 그것을 곁이라 불러도 되겠습니까.

오늘밤에도

오늘밤에도 소년들 소녀들 전화를 한다. 오늘밤에도 하늘은 푸르스름하고 해는 떠오르지 않는다. 소년들 소녀들 오늘밤에도 총총하다.

낮에 소년과 소녀는 같이 아이스크림을 먹지 않고, 아이스크림은 햇빛에 녹지 않고, 오늘밤은 아이스크림 같아서 달콤하다. 딸기 시럽같이 성수대교를 흘러가는 자동차들은 어디서

어디서 스르르 녹겠지. 12층 아파트 베란다에서 소년은 전화를 한다. 난 달리지 않을 거야. 달려가서 누군 가를 만나고 덜컥, 아빠가 되고 싶지 않아.

난 오토바이족을 동경하지도 않고 여자애를 엉덩이에 붙이고 싶지도 않아. 나는 무섭게 세상을 쏘아보지 않지. 그런 눈빛은 이제 아주 지겨워. 몇 명의 소년 소녀 오늘밤에도 머리를 너풀거리며 추락하고,

그 몇 초에 대해 오늘밤에도 명상하는 소년들 소녀들 전화를 한다. 오늘밤도 쉽게 깊어진다. 우리는 어디서도 만나지 않을 거야. 이렇게 말하면 항상 오늘밤이 아주 달콤해지지. 딸기 시럽같이

성수대교를 흘러가는 자동차들은 어디서, 어디서, 스르르 녹겠지.

•김 행 숙

_____ 그대가 나의 갈비뼈 사이에 손마디를 맞추고, 더없이 말간 웃음을 보여 주고, 아날로그 캠코더로 무언가 열심히 촬영하고, 이마에 흐르는 땀을 닦고, 언덕길 끝으로 달려 올라가 숨을 고르고, 빛을 마주하고, 무심코 던진 말에 상처를 입고, 마음이 엇갈리고, 말이 없고, 고개를 돌리고, 모든 것을 알 듯하지만 아무것도 알지 못하고, 이해하지 못하고, 기다리고, 떠나보내던, 나와 그대의 그때, 사랑이 사랑인 줄 몰랐을 때.

깃발

이것은 소리 없는 아우성
저 푸른 해원을 향하여 흔드는
영원한 노스탤지어의 손수건
순정은 물결같이 바람에 나부끼고
오로지 맑고 곧은 이념의 푯대 끝에
애수는 백로처럼 날개를 펴다.
아아, 누구던가.
이렇게 슬프고도 애달픈 마음을
맨 처음 공중에 달 줄을 안 그는

•유 치 환

　　　　　　　　　　　　올여름에는 전국 곳곳이 물에 휩
쓸렸습니다. 사람들이 다치거나 사라지고 집과 차들이 망가
졌습니다. 언젠가 그대에게 오래된 마음은 장마를 닮았다
말한 적이 있지요. 그칠 줄 모르는 비를 내다보니 그대 생각
이 창으로 번졌습니다. 우는 내가 아름답지 않은 사람이었
을까 무서워졌습니다. 다만 비에 잠긴 여름은 무덥지 않았
습니다. 바람이 멎고 다시 비치는 빛을 구경하기도 했습니
다. 비바람에 쓰러진 깃발이 다시 설 즈음에는 우리도 환해
질 수 있을 것입니다.

남해 금산

한 여자 돌 속에 묻혀 있었네

그 여자 사랑에 나도 돌 속에 들어갔네

어느 여름 비 많이 오고

그 여자 울면서 돌 속에서 떠나갔네

떠나가는 그 여자 해와 달이 끌어 주었네

남해 금산 푸른 하늘가에 나 혼자 있네

남해 금산 푸른 바닷물 속에 나 혼자 잠기네

•이 성 복

돌이 비에 씻기듯 우리가 함께한 날들이 있습니다. 해와 달에도 끝이 있다는 사실을 몰랐습니다. 바다의 깊이도 모르고 한없이 울면서 가라앉기만 했습니다. 이제 그대를 보내고서 돌아보니 그대는 처음부터 빛이었습니다. 비에 돌이 깎이도록 기다리다 보면 언젠가 비구름도 물러가겠지요. 빛은 그늘에서도 죽지 않고 자랄 테니까.

낮은 곳으로

낮은 곳에 있고 싶었다.
낮은 곳이라면 지상의
그 어디라도 좋다.
찰랑찰랑 고여 들 네 사랑을
온몸으로 받아들일 수만 있다면.
한 방울도 헛되이
새어 나가지 않게 할 수만 있다면.

그래, 내가
낮은 곳에 있겠다는 건
너를 위해 나를
온전히 비우겠다는 뜻이다.
나의 존재마저 너에게
흠뻑 주고 싶다는 뜻이다.

잠겨 죽어도 좋으니

너는

물처럼 내게 밀려오라.

이 정 하

———————————— 물처럼 밀려오세요. 내가 그대를
데리러 가겠습니다. 사람이 사람을 사랑하는 일은 물이 흐
르는 것과 비슷하지요. 눈물이 아래로 흐르는 것과 같지요.
슬픔과 사랑이 낮은 곳으로 흘러 고이는 것은 그것이 원래
높은 곳에 있었다는 뜻입니다. 눈물을 참으려 고개를 들었
을 때 펼쳐진 하늘이 너무 높아 시야가 더욱 흐릿해지는 것
과 가까운 일입니다.

나그네

- 술 익는 마을의 저녁노을이여—芝薰

강나루 건너서
밀밭 길을

구름에 달 가듯이
가는 나그네

길은 외줄기
남도 삼백리

술 익는 마을마다
타는 저녁 놀

구름에 달 가듯이

가는 나그네

박 목 월

바람을 가두면 물이 고이고 구름
에 달이 가면 나그네도 갑니다. 바람과 물과 구름과 달을 영
원히 잡아 둘 수 없는 것처럼 내 마음도 흘러가려 합니다.
일출과 일몰이 이어지는 강과 밭을 지나 언젠가 그대에게
닿게 될 것입니다. 바람이 구름을 밀고 물이 달을 안듯이 갈
것입니다.

오십천

　어릴 적 난 홀어머니와 함께, 강가 백로 외발로 선 오
십천 천변에 핀 복사꽃 꽃구경을 갔다 봄 버들 아래 은
어 떼 흰 배를 뒤집고, 물결이 흔들려 뒤척이면 붉은
꽃개울이 생기던, 그 화사한 복사꽃을 처음 보았다 젊
은 내 어머니처럼 향기도 곱던 그 복사꽃이 어찌나 좋
던지, 그만 깜박 홀려 버렸다 얼마나 시간이 흘렀을까,
갓 서른이 넘은 어머닌 울고 계셨다 내 작은 손을 꼭 쥔
채, 부르르 부르르 떨고 계셨다 그 한낮의 막막한 꽃빛
의 어지러움, 난 그 후로 꽃을 만지면 손에 확 불길이
붙는 착각이 왔다

　어느새 몸은 바뀌고, 그 옛날 쪽빛 하늘 위엔 흰구름
덩이만 서서, 과수원 언덕을 내려다본다 새로 벙근 꽃
가지 사이로 한껏 신나 뛰어다니는 저 애들과 아내를,

마치 꿈꾸듯 내려다본다

•김 동 원

오늘은 내가 들판에 서서 새가 되
었다 바람이 되었다 그대가 됩니다. 그대는 웃고 있습니다.
나는 그 웃음이 반갑고 미안합니다. 우는 나를 말없이 안아
주는 꽃밭입니다. 오래도록 흘려보낸 구름을 천변에 서서
내려다봅니다. 먼 곳으로 이어져 돌고 돌아 언젠가 나로 돌
아올 것입니다.

꾀병

나는 유서도 못 쓰고 아팠다 미인은 손으로 내 이마
와 자신의 이마를 번갈아 짚었다 "뭐야 내가 더 뜨거운
것 같아" 미인은 웃으면서 목련꽃같이 커다란 귀걸이
를 걸고 문을 나섰다

한 며칠 괜찮다가 꼭 삼 일씩 앓는 것은 내가 이번 생
의 장례를 미리 지내는 일이라 생각했다 어렵게 잠이
들면 꿈의 길섶마다 열꽃이 피었다 나는 자면서도 누
가 보고 싶은 듯이 눈가를 자주 비볐다

힘껏 땀을 흘리고 깨어나면 외출에서 돌아온 미인이
옆에 잠들어 있었다 새벽 즈음 나의 유언을 받아 적기
라도 한 듯 피곤에 반쯤 묻힌 미인의 얼굴에는, 언제나
햇빛이 먼저 와 들고 나는 그 볕을 만지는 게 그렇게 좋

았다

•박 준

　　　　　　　　　　　 이제 곧 환절기도 끝입니다. 고열
을 끌어안고 근육통과 싸우고 나면 계절이 다 지나가 있을
것입니다. 한 움큼의 약을 털어 넣고 창을 열 것입니다. 속
이 좋지 않아 아무것도 먹지 못한 터라 온몸에 힘이 없을 것
입니다. 아플 때 처음으로 생각나는 사람이 지금 가장 사랑
하는 사람이라는 말을 언젠가 들은 적이 있습니다. 밤새 흘
린 땀이 말라 가 한기가 들면 창밖으로 날아가는 철새들을
바라보며 그대에게 연락해 보아야 하나 멍하니 앉아 있을
것입니다.

가재미

김천의료원 6인실 302호에 산소마스크를 쓰고 암
투병 중인 그녀가 누워 있다
　바닥에 바짝 엎드린 가재미처럼 그녀가 누워 있다
　나는 그녀의 옆에 나란히 한 마리 가재미로 눕는다
　가재미가 가재미에게 눈길을 건네자 그녀가 울컥 눈
물을 쏟아 낸다
　한쪽 눈이 다른 한쪽 눈으로 옮아 붙은 야윈 그녀가
운다
　그녀는 죽음만을 보고 있고 나는 그녀가 살아온 파
랑 같은 날들을 보고 있다
　좌우를 흔들며 살던 그녀의 물속 삶을 나는 떠올린다
　그녀의 오솔길이며 그 길에 돋아나던 대낮의 뻐꾸기
소리며
　가늘은 국수를 삶던 저녁이며 흙담조차 없었던 그녀

54

누대의 가계를 떠올린다

두 다리는 서서히 멀어져 가랑이지고

폭설을 견디지 못하는 나뭇가지처럼 등뼈가 구부정
해지던 그 겨울 어느 날을 생각한다

그녀의 숨소리가 느릅나무 껍질처럼 점점 거칠어
진다

나는 그녀가 죽음 바깥의 세상을 이제 볼 수 없다는
것을 안다

한쪽 눈이 다른 쪽 눈으로 캄캄하게 쏠려 버렸다는
것을 안다

나는 다만 좌우를 흔들며 헤엄쳐 가 그녀의 물속에
나란히 눕는다

산소호흡기로 들이마신 물을 마른 내 몸 위에 그녀
가 가만히 적셔 준다

• 문 태 준

그해 우리는 비가 새는 집이었습니다. 눈물을 쏟으며 길가에 서 있는 한낮이었습니다. 내가 없는 그대의 세상은 캄캄한가요. 그곳에도 일출과 일몰이, 파랑과 새소리가 있나요. 나는 이 한없이 새하얀 세상에서 그대를 따라 눈을 감습니다. 비를 맞아도 눈을 감지 않는 것이 사랑이라 믿었으나 꿈에서도 꿈인 듯하여 한 번 더 눈을 감습니다.

너에게 묻는다

연탄재 함부로 발로 차지 마라

너는

누구에게 한 번이라도 뜨거운 사람이었느냐

°안 도 현

최근에 열병을 오래 앓았습니다. 열이 오르니 이대로 눈을 감았다 뜨지 못하면 어쩌나 덜컥 겁부터 났습니다. 그제야 평소 챙기지 못한 것들이 하나씩 밟히기 시작했습니다. 거창한 일보다 사소한 일이 많았습니다. 연락 한 번, 만남 한 번 하지 못하고 무엇에 그리도 뜨거우려 한 걸까요. 사십 도의 열을 끌어안고 나서야 나의 열이 향해야 할 방향을 조금은 알 것 같았습니다. 이제 열병도 물러갔으니 다음 주말에는 우리 오랜만에 마주 앉아 따뜻한 밥 한 끼 어떤가요? 김이 서린 마음으로 물어봅니다.

회복기의 노래

이제
살아가는 일은 무엇일까

물으며 누워 있을 때
얼굴에
햇빛이 내렸다

빛이 지나갈 때까지
눈을 감고 있었다
가만히

[•]한 강

．

나는 살면서 언제나 잘못을 저질렀고, 늦은 용서를 빌어도 이제 그것을 받아 줄 이가 지상에 아무도 없습니다. 그렇다면 그 혼잣말들을 유언이라 불러도 되겠지요. 여전히 보고 싶은 이들이 많다는 사실은 그래도 세상이 아름다운 곳이라는 믿음을 끝까지 놓지 않게 해 줍니다. 이렇게 일찍 가 버릴 줄 알았더라면 사랑하지 말 걸 그랬나 싶다가도 모두 사라졌을 때 곁에 남겠다는 약속을 한 번 더 외워 봅니다. 뒤척이다 선잠이 들면 꿈에서는 다들 어딘가로 떠날 채비를 하고 있었습니다. 나는 아무것도 모르는 척 밥을 먹고 이야기를 나누었습니다. 꿈에서 깨어난 후에는 눈가를 비비며 그대로 자리에 누워 있었습니다. 나와 마주하던 그대 눈동자 속에 머무른 것이 무엇이었는지 오래도록 곱씹어 보았습니다.

사랑을 잃고 나는 쓰네

3부

떠나는 이의 뒷모습은
왜 지는 꽃을 닮았습니까

와락

반 평도 채 못되는 네 살갗
차라리 빨려들고만 싶던
막막한 나락

영혼에 푸른 불꽃을 불어넣던
불후의 입술
천 번을 내리치던 이 생의 벼락

헐거워지는 너의 팔 안에서
너로 가득 찬 나는 텅 빈,

허공을 키질하는
바야흐로 바람 한 자락

정 끝 별

믿을 수 없는 일들만 있었습니다.
이제 그 부서질 것 같은 몸을 누가 안아 줍니까. 손끝으로
서로의 살갗에 의미 없는 글을 몇 자 적고 까닭 없이 웃던
순간들이 여전히 환합니다. 그 빛을 잊지 못해 숨죽이고 살
다가 문득 불어오는 바람에 눈이 시리기도 할 것입니다.

기다리는 사람

　회사 생활이 힘들다고 우는 너에게 그만두라는 말은 하지 못하고 이젠 어떻게 살아야 하나 고민했다 까무룩 잠이 들었는데 우리에게 의지가 없다는 게 계속 일할 의지 계속 살아갈 의지가 없다는 게 슬펐다 그럴 때마다 서로의 등을 쓰다듬으며 먹고살 궁리 같은 건 흘려보냈다

　어떤 사랑은 마른 수건으로 머리카락의 물기를 털어내는 늦은 밤이고 아픈 등을 주무르면 거기 말고 하며 뒤척이는 늦은 밤이다 미룰 수 있을 때까지 미룬 것은 고작 설거지 따위였다 그사이 곰팡이가 슬었고 주말 동안 개수대에 쌓인 컵과 그릇 등을 씻어 정리했다

　멀쩡해 보여도 이 집에는 곰팡이가 떠다녔다 넓은

집에 살면 베란다에 화분도 여러 개 놓고 고양이도 강
아지도 키우고 싶다고 그러려면 얼마의 돈이 필요하고
몇 년은 성실히 일해야 하는데 씀씀이를 줄이고 저축
도 해야 하는데 우리가 바란 건 이런 게 아니었는데

키스를 하다가도 우리는 이런 생각에 빠졌다 그만할
까 새벽이면 윗집에서 세탁기 소리가 났다 온종일 일
하니까 빨래할 시간도 없었을 거야 출근할 때 양말이
없으면 곤란하잖아 원통이 빠르게 회전하고 물 흐르고
심장이 조용히 뛰었다

암벽을 오르던 사람도 중간에 맥이 풀어지면 잠깐
쉬기도 한대 붙어만 있으면 괜찮아 우리에겐 구멍이
하나쯤 있고 그 구멍 속으로 한 계단 한 계단 내려가다
보면 빛도 가느다란 선처럼 보일 테고 마침내 아무것
도 없이 어두워질 거라고

우리는 가만히 누워 손과 발이 따듯해지길 기다렸다

ㆍ최 지 인

_____ 우리가 같이 살던 집이 떠오릅니다. 그대가 종일 일을 하고 돌아와 몸이 아프던 그 집을 생각합니다. 틀어 놓고 끝까지 보지도 않은 영화들을 기억합니다. 우리와 비슷한 주인공들은 하나같이 취해 있고 직업이 없고 도박으로 집세를 잃어 쫓겨났지요. 어느 날 문득 그대가 나에게 힘들지 않냐 물어 울음이 터진 적도 있습니다. 그때 안아 주던 품 덕분에 여전히 춥지 않습니다. 이제 그 집도 그대도 없지만 잊지 않았으면 좋겠습니다. 나는 그대를, 그대는 나를.

Save The Best For Last °

이곳에 오면 차분해지지? 평화가 어떤 건지 알 거 같지? 옥상에서 네가 말한다 지평선 끝으로 사라지는 사람들을 보고 있었다 지평선 끝에서

나타나는 사람도 있었다 지평선은 시작과 끝의 지점, 그렇게 단순하게 정의할 수 있는 것들이 세상에 얼마나 있을까 얼마나 많을까 많을지도

많은지도 모른다 그렇게 모를 땐 지평선을 바라보기만 하는 것 모든 시작과 끝을 바라보는 것 때때로 너의 옆모습을 바라보기도 하지만

옆을 바라보지 않아도 네가 있다는 걸 알 수 있다 너라고 부를 수 있는 냄새와 그림자와 숨소리 속에서

° Vanessa Williams의 노래 제목

백목련이

가지를 부러뜨리려는 듯이 흔들린다 목련은 다른 꽃
들과 다르게 북쪽으로 피어난대 바람을 바라보고 있는
거래, 나는 왜 이런 말을 하는지 모르고

그랬구나 어쩐지…… 너는 말을 잇지 않는다 네가
왜 말을 하지 않는지 모르는 초조함 속에서 나는 손가
락 살을 뜯어 먹는다 내가

나를 먹는 장면이 생겨도 너의 평화는 지속되고, 백
목련이 흔들리고, 백목련이 백목련을 잡아먹으려는 듯
이. 저무는 햇빛에 백목련은 가끔 자목련이 되고

그러면 이제 자목련을 뭐라고 불러야 하나 평화 없
는 너를 뭐라고 부르게 될까 있잖아 나 사실 평화 같은
건 잘 모르겠어 시작도 모르겠고 모든

마지막이 자꾸 떠올라 마지막이 떠오르면 내게 중요
한 사람도 연이어 떠오르고…… 나는 왜 이런 말을 잇
는지 모르고

마지막,

그게 그렇게 중요해? 너는 말한다 나의 불안이 사소
해지는 동안

옥상과 지평선이 각자의 평화를 지속하고 있었다

°양 안 다

_____ 흔들리며 피는 꽃은 오래되어 연
약한 새를 닮았습니다. 고이 접힌 날개의 빛이 허공으로 사
그라집니다. 바깥에 나갔다 돌아와서 그대 없는 그대 자리
에 웅크려 잠을 청합니다. 희미한 창밖을 건너다보듯이, 속
빈 나무의 새소리를 듣다 이부자리나 쓸어내리듯이……. 우
리는 피어날 때와 비슷한 모습으로 질 것입니다. 제대로 울
지도 웃지도 못하고 저물어 가며 손짓하는 무언가.

진달래꽃

나 보기가 역겨워

가실 때에는

말없이 고이 보내 드리오리다

영변에 약산

진달래꽃

아름 따다 가실 길에 뿌리오리다

가시는 걸음걸음

놓은 그 꽃을

사뿐히 즈려밟고 가시옵소서

나 보기가 역겨워

가실 때에는

죽어도 아니 눈물 흘리오리다

°김소월

_____ 떠나는 이의 뒷모습은 왜 지는 꽃
을 닮았습니까. 사람으로 만나 사랑이 되었는데 이제 꽃으
로 지고 있습니다. 언젠가 함께 간 꽃놀이에서 해맑게 웃던
얼굴이 떠오릅니다. 사람들의 사랑이 꽃잎처럼 흩날리던 그
날을 기억합니다. 사람이, 사랑이 걸음걸음 사뿐히 스러져
갑니다. 올해는 꽃이 너무 오래 지는 것 같습니다.

호수 1

얼굴 하나야
손바닥 둘로
폭 가리지만,

보고 싶은 마음
호수만 하니
눈 감을밖에

정 지 용

이 여름이 우리의 첫사랑이니까

앞면의 도안을 내 여름이 색으로 색칠하고, 넥서스북 인스타그램 여름 이벤트에 참여하세요!
윤아님의 여름이 색을 내 여름나기 애장품 ★ 을 증정합니다! 넥서스북 @nexusbooks

★최백규 시인의 여름나기 애장품 ★ 을 증정합니다! 넥서스북 @nexusbooks

               손바닥으로 얼굴을 가리고 아주 커다란 아침을 맞고 있습니다. 그대가 어떤 표정으로 울고 웃었는지 잊을 수 없습니다. 불을 끄고 눈을 감으면 그대의 여름에 말간 얼굴을 하고 선 내가 여전히 그 호수에서 기다리고 있을 것입니다. 아무래도 나는 아무 곳에도 갈 수가 없습니다.

빈집

사랑을 잃고 나는 쓰네

잘 있거라, 짧았던 밤들아

창밖을 떠돌던 겨울 안개들아

아무것도 모르던 촛불들아, 잘 있거라

공포를 기다리던 흰 종이들아

망설임을 대신하던 눈물들아

잘 있거라, 더 이상 내 것이 아닌 열망들아

장님처럼 나 이제 더듬거리며 문을 잠그네

가엾은 내 사랑 빈집에 갇혔네

ㆍ기 형 도

　　　　　　　　　　　　　　잘 가세요. 나의 사랑. 잘 가세요.
미안하고 고마웠습니다. 잘 가세요. 이런 행복은 이번 생에
두 번 다시 없을 겁니다. 잘 가세요. 이제 안녕과 안녕도 구
분할 수 없습니다. 잘 가세요. 아무것도 없이 텅 빈 나를 등
지고 걸어가는 사람아. 잘 가세요. 돌아보지도 말고 그대로
앞으로 걸어 잘 가세요. 잘 가세요.

흰 바람벽이 있어

오늘 저녁 이 좁다란 방의 흰 바람벽에

어쩐지 쓸쓸한 것만이 오고 간다

이 흰 바람벽에

희미한 십오 촉 전등이 지치운 불빛을 내어던지고

때글은 다 낡은 무명샤쯔가 어두운 그림자를 쉬이고

그리고 또 달디단 따끈한 감주나 한잔 먹고 싶다고

생각하는 내 가지가지 외로운 생각이 헤매인다

그런데 이것은 또 어인 일인가

이 흰 바람벽에

내 가난한 늙은 어머니가 있다

내 가난한 늙은 어머니가

이렇게 시퍼러둥둥하니 추운 날인데 차디찬 물에 손

은 담그고 무이며 배추를 씻고 있다

또 내 사랑하는 사람이 있다

내 사랑하는 어여쁜 사람이

어늬 먼 앞대 조용한 개포가의 나즈막한 집에서

그의 지아비와 마조 앉어 대굿국을 끓여 놓고 저녁
을 먹는다

벌써 어린것도 생겨서 옆에 끼고 저녁을 먹는다

그런데 또 이즈막하야 어늬 사이엔가

이 흰 바람벽엔

내 쓸쓸한 얼굴을 처다보며

이러한 글자들이 지나간다

──나는 이 세상에서 가난하고 외롭고 높고 쓸쓸하
니 살어가도록 태어났다

그리고 이 세상을 살어가는데

내 가슴은 너무도 많이 뜨거운 것으로 호젓한 것으
로 사랑으로 슬픔으로 가득 찬다

그리고 이번에는 나를 위로하는 듯이 나를 울력하는
듯이

눈질을 하며 주먹질을 하며 이런 글자들이 지나간다

──하늘이 이 세상을 내일 적에 그가 가장 귀해하고
사랑하는 것들은 모두

가난하고 외롭고 높고 쓸쓸하니 그리고 언제나 넘치는 사랑과 슬픔 속에 살도록 만드신 것이다

　초생달과 바구지꽃과 짝새와 당나귀가 그러하듯이

　그리고 또 '프랑시쓰 쩸'과 도연명과 '라이넬 마리아 릴케'가 그러하듯이

　　　　　　　　　　　　　　　　　　백 석

＿＿＿＿＿＿＿＿＿＿＿ '나의 모든 사랑이 떠나가는 날이 당신의 그 웃음 뒤에서 함께한다'는 노랫말이 있습니다. 나는 홀로 방에 누워 음악을 곱씹어 보고는 합니다. 그러한 순간마다 이 세상에서 가난하고 외롭고 높고 쓸쓸하니 살다 간 사람의 마음도 헤아려 봅니다. 그러면 방 안에는 사랑과 슬픔이 가득하고 더 이상 나는 혼자가 아닙니다. 언젠가 멀리 그대의 흰 바람벽에도 내가 오고 가겠지요. 그때는 우리 사이로 그대의 미소가 가만히 떠오르기를 바랍니다.

낙화

가야 할 때가 언제인가를
분명히 알고 가는 이의
뒷모습은 얼마나 아름다운가.

봄 한철
격정을 인내한
나의 사랑은 지고 있다.

분분한 낙화……
결별이 이룩하는 축복에 싸여
지금은 가야 할 때,

무성한 녹음과 그리고
머지않아 열매 맺는

가을을 향하여

나의 청춘은 꽃답게 죽는다.

헤어지자
섬세한 손길을 흔들며
하롱하롱 꽃잎이 지는 어느 날

나의 사랑, 나의 결별,
샘터에 물 고이듯 성숙하는
내 영혼의 슬픈 눈.

•이 형 기

우리는 서로의 반대 방향으로 걸어 나가기 시작했습니다. 이별한 사람처럼 씩씩하게. 이 골목은 그대가 나에게 휘파람 부는 법을 처음으로 가르쳐 준 곳입니다. 어두운 골목이 끝나면 햇빛 내리는 거리가 시작될 것입니다. 휘파람을 부는 것처럼. 한숨을 뱉듯이. 슬픔도 아픔도 꽃처럼 질 것입니다. 즐거움도 신비로움도 조용히 죽을 것입니다. 돌아보지 않고 해의 뒷모습을 따라 걸어가다 보면 우리가 사랑한 것이 무엇이었는지 마침내 알 수 있을지도 모릅니다. 멈추지 않고 꽃잎을 밟으며 앞으로 걸어 나갈 것입니다.

지금 그 사람의 이름은 잊었지만

그의 눈동자 입술은

내 가슴에 있어

4부

그대가 없어도
그대를 사랑할 수 있습니다

첫사랑

천둥산 끝자락에서

가서 오지 않는 너를 기다린다

박하 향기 아득한 시간의 터널 지나

푸른 기적 달고 숨가빠 달려와서

내 생의 한복판 관통해 간

스무 살의 아름다운 기차여!

장 하 빈

                      아는 사람이 모두 떠난 고향에서 지낸 적이 있습니다. 방에 누워 잠을 청할 때마다 이제 없는 그대를 꿈에서 마주했습니다. 무슨 대화를 오래 한 듯한데 눈을 뜨면 한마디도 제대로 기억나지 않았습니다. 어둡든지 밝든지 얼굴을 타고 흐르는 눈물만 뜨거웠습니다. 어느 날 눈을 떴을 때는 아직 빛이 어렴풋이 들어오고 있어 그대가 내 눈물을 보지 못해 다행이라 생각하기도 했습니다. 이내 벽을 향해 돌아누우며 헛웃음을 짓기도 했습니다.

섬

사람들 사이에 섬이 있다
그 섬에 가고 싶다

•정 현 종

_____ 욕실이 없는 집에 살았습니다. 월
세로 사는 사람들이 마당의 구식 화장실을 다 같이 쓰는 구
조였습니다. 우리가 머물던 방은 창고를 개조한 것이었는데
강수량이 높을 때마다 방 안으로 넘친 빗물을 퍼내야 했습
니다. 축축한 장판을 들어내고 새것을 깔면 이번 달에는 무
엇을 먹고사나 고민한 적이 많습니다. 깨진 바가지를 든 채
망망한 마음으로 어두운 물을 바라본 적이 흔합니다. 그 바
닷속에 함께 발목을 내리고 있던 그대와 나를 서로의 섬이
라 부르면 안 될까요. 그 섬이 있어 잠겨 죽지 않을 수 있었
습니다. 그나마 숨을 쉬고 살 수 있었습니다.

알아!

넌, 가끔가다

내 생각을 하지!

난 가끔가다

딴생각을 해.

•원 태 연

_____ 오래전 그대가 머리를 하던 미용
실을 지날 때, 그대가 좋아하던 수국을 내놓은 꽃집 앞에서
머뭇거릴 때, 버스를 타고 가다 우리가 자주 가던 곳에 정차
할 때, 고장 난 우산을 만지다 언젠가 그대와 함께 내 겉옷
으로 비를 가리며 달리던 순간이 떠오를 때, 열어 놓은 창에
여름 볕이 들 때, 손바닥으로 책 위의 먼지를 쓸어내릴 때,
여름 감기가 유행이라는 소식을 들을 때, 문득 하던 일을 멈
추고 가만히 허공을 치어다볼 때.

상해식당

중국식당 주방에는 의자가 없었지
누구도 앉지를 않았으니까
그래도 가만히 앉아 있을 수 있는 곳은
유일하게도 밀가루 포대

나는 만두를 빚는 시간을 제일 좋아했지
시간을 뚝뚝 잘라 밀대로 밀고
시간을 푹푹 퍼서 손바닥만 한 세계에 담는 시간

주방에서 막일을 하는 나였는데
내가 떠나야 할 날에는
당신이 나에게 자꾸 뭐라 그랬지
난 그 말을 알아들을 수 없어 한자로 써 달라고 했는데

당신이 작업대 위에
하얗게 밀가루를 뿌리고는 이렇게 썼지

가지 마요,
안 가면 안 되나요

눈빛을 교환하면 안 될 것 같아
그 시간의 반죽을 툭 잘라 버리고 싶은데

어딘가에 좀 앉아 있어야겠는데
그러지 않으면 힘 풀려 터져 버린 세계가
와르르 쏟아져 버릴 것 같은데

상해 중국식당 주방에는 정말이지 의자가 없었지

˙이 병 률

　　　　　　　　　수능이 끝나자마자 시내의 한 양
식점에서 일한 적이 있습니다. 파스타나 피자 따위를 만들
어 팔던 소규모 식당이었습니다. 바로 옆이 유명 프랜차이
즈여서 그런지 아르바이트 직원을 두 명이나 둘 필요가 있
나 싶을 정도로 손님이 오지 않았습니다. 우리는 매일 희뿌
연 창 바깥으로 환각처럼 지나다니는 사람들을 바라보다
유리와 테이블과 바닥을 닦았습니다. 사장 삼촌은 노트북으
로 게임을 하고 주방 삼촌은 탈의실 소파에 누워 흡연을 하
며 텔레비전을 시청했습니다. 결국 얼마 지나지 않아 자연
스럽게 일을 그만두었습니다. 시간이 흘러 그것이 모두 꿈
이었는지 헷갈릴 즈음 다시 가게로 찾아가 보았습니다. 그
자리에는 아무것도 없었습니다. 설거지를 하던 싱크대도 청
소를 하던 화장실도 사라져 있었습니다. 스무 살을 눈앞에
둔 내가 함께 일을 하던 그대에게 미처 전하지 못한 말들만
잡초가 되어 무성히 자라고 있었습니다.

민들레의 영토

기도는 나의 음악
가슴 한복판에 꽂아 놓은
사랑은 단 하나의
성스러운 깃발

태초부터 나의 영토는
좁은 길이었다 해도
고독의 진주를 캐며
내가
꽃으로 피어나야 할 땅

애처로이 쳐다보는
인정의 고움도
나는 싫어

바람이 스쳐 가며
노래를 하면

푸른 하늘에게
피리를 불었지

태양에 쫓기어
활활 타다 남은 저녁노을에
저렇게 긴 강이 흐른다

노오란 내 가슴이
하얗게 여위기 전
그이는 오실까

당신의 맑은 눈물
내 땅에 떨어지면
바람에 날려 보낼
기쁨의 꽃씨

흐려 오는

세월의 눈시울에

원색의 아픔을 씹는

내 조용한 숨소리

보고 싶은 얼굴이여

　　　　　　　　　　　•이 해 인

　　　　　　　　　　　휴일을 맞아 놀이터에 앉아 있으
면 언덕 위 성당에서 종소리가 어렴풋이 들려왔습니다. 모
처럼 잠을 충분히 자 정신이 맑았습니다. 배가 조금 고팠고
연락할 사람은 없었습니다. 바람도 스치지 않았습니다. 반
지하와 옥탑을 전전하던 때의 이야기입니다. 골목이 너무
많은 동네에서의 시절입니다. 그러나 그 좁은 길마다도 빛
은 들었고 푸른 하늘에 민들레 꽃씨가 떠다니기도 했습니
다. 몇 년 후면 떠나야 하겠지만 그때는 아무도 오지 않는
그곳에서 아무것도 모르고 그대만 기다리고 있었습니다.

세월이 가면

지금 그 사람의 이름은 잊었지만
그의 눈동자 입술은
내 가슴에 있어

바람이 불고
비가 올 때도
나는 저 유리창 밖
가로등 그늘의 밤을 잊지 못하지

사랑은 가고
과거는 남는 것
여름날의 호숫가 가을의 공원
그 벤치 위에
나뭇잎은 떨어지고

나뭇잎은 흙이 되고

나뭇잎에 덮여서

우리들 사랑이 사라진다 해도

지금 그 사람의 이름은 잊었지만

그의 눈동자 입술은

내 가슴에 있어

내 서늘한 가슴에 있건만

[•]박 인 환

집마다 유령처럼 흰 연기가 피어 오르는 옥상에서 기타를 치던 나날의 일입니다. 술에 취해 그대에게 전화를 걸었다 끊어 버린 적이 있습니다. 다음 날 아침 눈을 뜨자마자 이불을 걷어차고 허름한 마음은 허름한 시간에 남겨 두려 헤매 다닌 적이 있습니다. 꽃이 피고 장마가 지고 그대 이름마저 잔설처럼 스러질 때가 오면 나에게 가장 허름한 순간이 지금이라는 사실을 깨닫고 한숨 짓는 날도 분명히 있을 것입니다.

무화과 숲

쌀을 씻다가
창밖을 봤다

숲으로 이어지는 길이었다

그 사람이 들어갔다 나오지 않았다
옛날 일이다

저녁에는 저녁을 먹어야지

아침에는
아침을 먹고

밤에는 눈을 감았다

사랑해도 혼나지 않는 꿈이었다

_____ 흰 편지에는 아무것도 적혀 있지
않았습니다. 흰 쌀을 씻으며 흰 마음을 생각합니다. 나는 여
전히 죽지 않고 살아 있습니다. 아침에는 아침을 먹고 저녁
에는 저녁을 먹습니다. 주저앉고 싶을 때마다 한 그루의 나
무를 생각합니다. 그것이 모여 어느새 숲입니다. 눈을 감지
않아도 그대는 숲속에서 기다리고 있습니다. 숲 너머로부터
흰 새벽이 오고 있습니다.

97

님의 침묵

님은 갔습니다. 아아, 사랑하는 나의 님은 갔습니다.

푸른 산빛을 깨치고 단풍나무 숲을 향하여 난 작은 길을 걸어서 차마 떨치고 갔습니다.

황금의 꽃같이 굳고 빛나던 옛 맹세는 차디찬 티끌이 되어서 한숨의 미풍에 날아갔습니다.

날카로운 첫 키스의 추억은 나의 운명의 지침을 돌려놓고 뒷걸음쳐서 사라졌습니다.

나는 향기로운 님의 말소리에 귀먹고 꽃다운 님의 얼굴에 눈멀었습니다.

사랑도 사람의 일이라 만날 때에 미리 떠날 것을 염려하고 경계하지 아니한 것은 아니지만, 이별은 뜻밖의 일이 되고 놀란 가슴은 새로운 슬픔에 터집니다.

그러나 이별을 쓸데없는 눈물의 원천을 만들고 마는 것은 스스로 사랑을 깨치는 것인 줄 아는 까닭에 걷잡을 수 없는 슬픔의 힘을 옮겨서 새 희망의 정수박이에 들어부었습니다.

우리는 만날 때에 떠날 것을 염려하는 것과 같이 떠날 때에 다시 만날 것을 믿습니다.

아아, 님은 갔지마는 나는 님을 보내지 아니하였습니다.

제 곡조를 못 이기는 사랑의 노래는 님의 침묵을 휩싸고 돕니다.

•한 용 운

_____ 내게서 멀어진 것들은 하나같이 침묵합니다. 하지만 말하지 않고도 이야기합니다. 어느 날 어디서 얻은 홍시 하나를 터지지 않도록 소중히 받아 들고 집으로 가져온 그대가 있었지요. 시는 무슨 시냐며 다툰 다음 날부터 시를 적을 종이를 한가득 짊어지고 온 그대도 있었지요. 그렇듯 그대는 사랑을 노래하지 않고도 나를 사랑했습니다. 이제 나는 그대가 없어도 그대를 사랑할 수 있습니다.

달이 떴다고 전화를 주시다니요

달이 떴다고 전화를 주시다니요
이 밤 너무 신나고 근사해요
내 마음에도 생전 처음 보는
환한 달이 떠오르고
산 아래 작은 마을이 그려집니다
간절한 이 그리움들을,
사무쳐 오는 이 연정들을
달빛에 실어
당신께 보냅니다

세상에,
강변에 달빛이 곱다고
전화를 다 주시다니요
흐르는 물 어디쯤 눈부시게 부서지는 소리

문득 들려옵니다.

•김 용 택

_____ 좀처럼 연락이 닿지 않던 그대에게 문득 연락이 온 적 있습니다. 오래된 마음들은 다 미뤄두고 오랜만에 만나 식사를 하자는 이야기였습니다. 나는 일정도 묻지 않고서 습관처럼 좋다고 대답했습니다. 떨어져 있던 시간과 거리가 무색하도록 익숙했습니다. 그대도 마냥 웃기만 했습니다. 이상할 것이 없었습니다. 어찌 되었든 먹어야 살 수 있으니까요. 지금껏 서로를 살아 있게 한 사이니까요.

해에게서 소년에게

1

처……ㄹ썩, 처……ㄹ썩, 척, 쏴……아.

때린다 부순다 무너 버린다.

태산 같은 높은 뫼, 집채 같은 바윗돌이나,

요것이 무어야, 요게 무어야.

나의 큰 힘, 아느냐 모르느냐, 호통까지 하면서,

때린다 부순다 무너 버린다.

처……ㄹ썩, 처……ㄹ썩, 척, 추르릉, 콱.

2

처……ㄹ썩, 처……ㄹ썩, 척, 쏴……아.

내게는 아무것 두려움 없어,

육상에서, 아무런 힘과 권을 부리던 자라도,

내 앞에 와서는 꼼짝 못하고,

아무리 큰 물건도 내게는 행세하지 못하네.

내게는 내게는 나의 앞에는.

처……ㄹ썩, 처……ㄹ썩, 척, 추르릉, 콱.

3

처……ㄹ썩, 처……ㄹ썩, 척, 쏴……아.

나에게 절하지 아니한 자가,

지금까지 없거던, 통기하고 나서 보아라.

진시황, 나팔륜, 너희들이냐,

누구누구 누구냐 너희 역시 내게는 굽히도다.

나하고 겨룰 이 있건 오너라.

처……ㄹ썩, 처……ㄹ썩, 척, 추르릉, 콱.

4

처……ㄹ썩, 처……ㄹ썩, 척, 쏴……아.

조그만 산 모를 의지하거나,

좁쌀 같은 작은 섬, 손뼉만 한 땅을 가지고,

그 속에 있어서 영악한 체를,

부리면서, 나 혼자 거룩하다 하는 자,

이리 좀 오너라, 나를 보아라.

처······ㄹ썩, 처······ㄹ썩, 척, 추르릉, 콱.

5

처······ㄹ썩, 처······ㄹ썩, 척, 쏴······아.

나의 짝 될 이는 하나 있도다.

크고 길고, 너르게 뒤덮은 바 저 푸른 하늘.

저것은 우리와 틀림이 없어,

적은 시비, 적은 쌈, 온갖 모든 더러운 것 없도다.

저 따위 세상에 저 사람처럼,

처······ㄹ썩, 처······ㄹ썩, 척, 추르릉, 콱.

6

처······ㄹ썩, 처······ㄹ썩, 척, 쏴······아.

저 세상 저 사람 모두 미우나,

그중에서 딱 하나 사랑하는 일이 있으니,

담 크고 순정한 소년배들이,

재롱처럼 귀엽게 나의 품에 와서 안김이로다.

오너라 소년배 입 맞춰 주마.

처……ㄹ썩, 처……ㄹ썩, 척, 추르릉, 콱.

•최 남 선

_____ 그대를 나에게 주세요. 그대가 쏟
아지면 내가 무너지고 부서지겠습니다. 그칠 줄 모르는 마
음을 내던지겠습니다. 세상을 뒤로한 채 서로에게 완전히
잠겨 못쓰게 되더라도 괜찮습니다. 멈추지 않겠습니다. 멎
지 않는 그대를, 계속되는 그대를 주세요. 입 맞추겠습니다.
나에게로 오세요.

출처

- 윤동주, 「서시」, 『하늘과 바람과 별과 시』(1948), 정음사

- 도종환, 「흔들리며 피는 꽃」, 『사람의 마을에 꽃이 진다』(1994), 문학동네

- 이육사, 「청포도」, 『육사시집』(1946), 서울출판사

- 황지우, 「너를 기다리는 동안」, 『게 눈 속의 연꽃』(1991), 문학과지성사

- 김춘수, 「꽃」, 『꽃의 소묘』(1959), 백자사

- 나태주, 「풀꽃」, 『조금은 보랏빛으로 물들 때』(2005), 시학

- 류시화, 「꽃의 결심」, 『꽃샘바람에 흔들린다면 너는 꽃』(2022), 수오서재

- 정호승, 「수선화에게」, 『외로우니까 사람이다』(1998), 열림원

- 신경림, 「가난한 사랑 노래」, 『가난한 사랑 노래』(1988), 실천문학

- 이상, 「이런 시」, 『이상 전집』(1956), 태성사

- 박상수, 「18세」, 『후르츠 캔디 버스』(2006), 천년의시작

- 김행숙, 「오늘밤에도」, 『사춘기』(2003), 문학과지성사

- 유치환, 「깃발」, 『청마시초』(1939), 청색지사

- 이성복, 「남해 금산」, 『남해 금산』(1986), 문학과지성사

- 이정하, 「낮은 곳으로」, 『너는 눈부시지만 나는 눈물겹다』(1994), 푸른숲

- 박목월, 「나그네」, 『청록집』(1946), 을유문화사

- 김동원, 「오십천」, 『고흐의 시』(2020), 그루

- 박준, 「꾀병」, 『당신의 이름을 지어다가 며칠은 먹었다』(2012), 문학동네

- 문태준, 「가재미」, 『가재미』(2006), 문학과지성사

- 안도현, 「너에게 묻는다」, 『외롭고 높고 쓸쓸한』(1994), 문학동네

- 한강, 「회복기의 노래」, 『서랍에 저녁을 넣어 두었다』(2013), 문학과지성사

- 정끝별, 「와락」, 『와락』(2008), 창비

- 최지인, 「기다리는 사람」, 『일하고 일하고 사랑을 하고』(2022), 창비

- 양안다, 「Save The Best For Last」, 『백야의 소문으로 영원히』(2018), 민음사

- 김소월, 「진달래꽃」, 『진달래꽃』(1925), 중앙서림

- 정지용, 「호수 1」, 『정지용 시집』(1935), 시문학사

- 기형도, 「빈집」, 『입 속의 검은 잎』(1989), 문학과지성사

- 백석, 「흰 바람벽이 있어」, 《문장》(1941), 문장사

- 이형기, 「낙화」, 『적막강산』(1963), 모음출판사

- 장하빈, 「첫사랑」, 『비, 혹은 얼룩말』(2004), 만인사

- 정현종, 「섬」, 『이슬』(1996), 문학과지성사

- 원태연, 「알아!」, 『넌 가끔가다 내 생각을 하지 난 가끔가다 딴 생각을 해』(1992), 자음과모음

- 이병률, 「상해식당」, 『이별이 오늘 만나자고 한다』(2020), 문학동네

- 이해인, 「민들레의 영토」, 『민들레의 영토』(1976), 가톨릭출판사

- 박인환, 「세월이 가면」, 『박인환 시선집』(1955), 산호장

- 황인찬, 「무화과 숲」, 『구관조 씻기기』(2012), 민음사

- 한용운, 「님의 침묵」, 『님의 침묵』(1926), 회동서관

- 김용택, 「달이 떴다고 전화를 주시다니요」, 『그대, 거침없는 사랑』(1993), 푸른숲

                         – 최남선, 「해에게서 소년에게」, 《소년》(1908), 신문관

이 책에 실린 시들은 한국문학예
술저작권협회, 남북저작권센터와 출판권을 가진 출판사, 작
가와의 연락 등을 통해 저작권자의 동의를 얻었습니다. 저
작권자를 찾기 어려워 부득이하게 허락을 받지 못하고 수
록한 작품에 대해서는 추후 저작권자가 확인되는 대로 적
법한 절차를 진행하겠습니다.